le club des chatons

1

♥ Caramel ♥

Pour tous ceux qui ont un jour
rêvé d'avoir un chat.
S. M.

Titre original : *Ginger's New Home*
Text copyright © Sue Mongredien, 2010
Illustrations copyright © Emilia Robledo, 2010
Photographie couverture © Shutterstock, 2010
Publié par arrangement spécial avec Stripes Publishing Ltd
(Londres-Royaume-Uni), 2010
© Éditions Nathan (Paris-France), 2011
Loi n°49-956 du 16 juillet 1949 sur les publications destinées à la jeunesse
ISBN : 978-2-09-253250-8

1

le club des chatons

♥ Caramel ♥

Sue Mongredien

Traduit de l'anglais par Anne Delcourt

⋘Nathan

Fais connaissance avec les filles du club!

Chloé
& Caramel

Mina
& Roméo

Violette
& Chaussette

Lou
& Plume

Jade
& Gribouille

Lili
& Filou

Chapitre 1

– On y est ! lança Mme Peters.

En effet, par la vitre de la voiture, sa fille Chloé aperçut la grande bâtisse blanche de la ferme des Marronniers qui se dressait au bout du chemin, au milieu des champs.

C'était là que vivaient sa tante Sarah et son oncle Tom. Chloé, qui avait toujours habité Londres, ne les voyait pas très souvent.

Mais ça allait changer, maintenant. Depuis la veille, ils étaient installés dans le même village.

Quelques mois plus tôt, on avait proposé à la mère de Chloé un nouveau travail dans la région, et ses parents avaient décidé de déménager. Mme Peters était ravie de se rapprocher de sa sœur, mais Chloé était loin de

partager son enthousiasme. Même si elle aimait beaucoup son oncle et sa tante, elle était désespérée de quitter sa maison et tous ses amis.

– Tante Sarah dit que tu pourras faire du cheval tant que tu voudras, reprit sa mère. Il y a plusieurs filles du village qui en font. Ça t'aidera à te faire des copines.

Chloé n'était pas convaincue. Elle ne se consolait pas d'être séparée de Clara et Alice, ses meilleures amies, et ne pouvait pas imaginer qu'il en existe d'aussi sympas ailleurs. Si seulement elle était restée à Londres !

– Et puis, poursuivit sa mère en lui jetant un coup d'œil, il y a une surprise qui t'attend à la ferme. Je pense que ça va te remonter le moral.

– Quel genre de surprise ? demanda Chloé, méfiante.

– Une surprise toute douce, répondit Mme Peters avec un sourire.

Chloé réfléchit.

– Tante Sarah a eu un bébé ?! s'exclama-t-elle.

Sa mère éclata de rire.

– Mais non ! Enfin, dans un sens, c'est quand même une histoire de bébé...

Chloé fronça les sourcils, perplexe. Une surprise toute douce ? Un bébé qui n'était pas un bébé ?

– Une poupée ?

Elle pria pour que ce ne soit pas ça. À huit ans, ça ne l'amusait plus du tout de jouer à la poupée.

– Miaou, fit son père, assis au volant, pour lui donner un indice.

« Miaou » ? Soudain, Chloé ressentit un frisson d'excitation.

– On va avoir un chat ?! demanda-t-elle, pleine d'espoir. Dites, c'est ça ?

Elle n'osait pas y croire. Elle en avait toujours rêvé, mais il y avait trop de circulation dans la rue où ils vivaient à Londres. Elle avait eu beau supplier ses parents des centaines de fois, leur réponse avait toujours été

la même : leur rue était trop dangereuse pour un chat.

Le père de Chloé se gara, éteignit le moteur et se tourna vers sa fille.

– La chatte de Sarah vient d'avoir six chatons, lui annonça-t-il. Alors...

Des chatons ?! Encore mieux !

– On va avoir un chaton ! hurla Chloé, folle de joie.

Elle s'emmêla les doigts dans sa ceinture de sécurité tellement elle avait hâte de l'enlever.

Ses parents éclatèrent de rire.

– Maintenant qu'on habite dans un petit coin tranquille, on s'est dit qu'avec un chaton, tu t'habituerais plus facilement à ta nouvelle vie, expliqua sa mère. Viens, on va demander à tante Sarah si on peut les voir.

Au chaud dans la grande cuisine de la ferme, Sissi la maman chatte veillait sur ses petits, couchée dans son panier. Chloé s'accroupit pour les admirer. Deux adorables chatons tigrés jouaient à cache-cache, tandis qu'un autre, tout noir, s'amusait à bondir sur un bout de papier journal. Un chaton gris, qui se léchait les pattes arrière avec énergie, perdit l'équilibre et bascula sur le côté avec un miaulement de surprise. Le cinquième, blanc avec des rayures sur la tête, attaquait le pied d'un tabouret en s'y agrippant de toutes

ses griffes. Le dernier était roux de la tête aux pieds et dormait profondément, le nez dans la fourrure de sa mère.

Chloé les observait avec émerveillement. Ils étaient si craquants, avec leurs airs de peluches, leurs grands yeux ronds et leurs pattes minuscules !

– Je peux les prendre TOUS ? demanda-t-elle, à tout hasard.

– Bien essayé, répondit son père en riant. Je crois qu'un seul suffira.

– Je comprends que tu aies du mal à te décider, dit tante Sarah en posant une assiette de biscuits sur la table. Prends ton temps, Chloé, rien ne presse. Il y a des filles du village qui vont passer pour en adopter un, mais je les ai prévenues que tu choisirais en premier.

Chloé était fascinée. Les deux tigrés jouaient maintenant à se lancer des coups de pattes, tandis que le petit noir faisait des roulades en déchiquetant son papier journal. Le chaton gris avançait en rampant, sur les traces d'une souris imaginaire. Le blanc à rayures mordillait un coussin, et le roux était juste en train

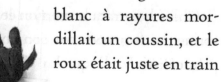

de se réveiller. Il s'étira…
et poussa un minuscule
éternuement.

– À tes souhaits ! fit Chloé.

Le chaton battit des paupières, s'ébroua et
la fixa de ses grands yeux bleus. Il émit un
petit miaulement, comme pour lui dire bonjour, trotta jusqu'à elle et se frotta contre son
genou en ronronnant.

Chloé se sentit fondre.

– Salut, toi, lui dit-elle en le soulevant doucement pour le poser sur ses genoux.

Sa fourrure était couleur d'abricot pâle,
avec des rayures plus foncées sur les pattes
et la queue. Il avait des moustaches blanches
et le plus adorable petit nez rose. Il était trop
beau.

– C'est le plus câlin des six, précisa tante
Sarah.

Chloé lui gratta le menton et il se mit à ronronner, si fort que tout son corps vibrait. Le
plus câlin ? Voilà qui lui allait parfaitement.

Elle avait bien besoin d'un nouvel ami.

– C'est lui que je veux, déclara-t-elle. Et je vais l'appeler... Caramel.

Tante Sarah s'agenouilla à côté d'elle pour gratouiller le chaton derrière les oreilles.

– Parfait ! dit-elle. Je suis sûre que vous allez être les meilleurs amis du monde.

Chloé sourit, tandis que Caramel roulait

sur le dos pour qu'elle caresse son petit ventre tout doux.

– Moi aussi, répondit-elle, confiante. Et toi, Caramel ?

Rrrrron rrrron, fit le chaton, comme pour l'approuver.

Et tout le monde rit de bon cœur.

Chapitre 2

Tante Sarah prépara du thé pour les parents de Chloé et les adultes s'installèrent autour de la table. Chloé resta par terre, avec Caramel sur les genoux. Le chaton gris passa en trottant devant elle, et ce coquin de Caramel tendit une patte pour lui attraper la queue. Le petit gris sursauta et bondit à son tour sur les genoux de Chloé, où les deux chatons jouèrent à la bagarre. Ils finirent par rouler par terre, toujours emmêlés.

– Hé là ! leur lança Chloé en riant. Douce- ment, vous deux !

La sonnette retentit.

– Ça doit être Lou et Mina, déclara tante Sarah en se levant de sa chaise. Elles de- vaient passer après leur cours d'équitation.

Quelques secondes plus tard, Chloé en- tendit des voix excitées dans l'entrée. Elle se leva, soudain envahie par la timidité, tandis que deux filles de son âge déboulaient dans la cuisine. Elles portaient toutes les deux un pantalon et des bottes d'équitation. La pre- mière avait de longs cheveux châtains qui lui tombaient sur les épaules, des yeux verts comme Chloé, un grand sourire et des taches de rousseur sur le nez.

– Oooh... roucoula-t-elle à la vue des cha- tons. Regarde, Mina ! Comme ils ont grandi !

Celle qui l'accompagnait avait des che-

veux noirs mi-longs et des yeux noirs, et de
toutes petites boucles d'oreilles en argent.
Les deux filles se précipitèrent vers Sissi et
ses petits, sans faire attention à Chloé ni à
ses parents.

– Les filles, je vous présente ma nièce

Chloé, déclara tante Sarah. Elle vient juste de s'installer au village, et j'espère qu'elle va bientôt aller à l'équitation avec vous. Chloé, voici Lou et Mina.

Lou sourit à Chloé.

– Salut !

Puis elle se tourna vers tante Sarah, tout excitée.

– J'ai monté Tornade aujourd'hui. Ce poney est un vrai casse-cou. Il ne tient pas une minute en place !

Une lueur d'amusement s'alluma dans les yeux de Sarah.

– Tiens, tiens, je me demande à qui ça me fait penser, fit-elle. On dirait que vous vous êtes bien trouvés, tous les deux. Et pour toi, Mina, comment ça s'est passé ? Mina ?

Mais celle-ci était trop absorbée par les chatons pour l'entendre.

– Salut, Tigrou, salut, Choupette, disait-elle aux deux tigrés, qui tiraient chacun de leur côté sur un fil en laine. Salut, Citrouille !

Elle se pencha pour chatouiller Caramel qui venait de les rejoindre, sa queue touffue dressée tout droit vers le plafond.

Chloé se raidit. « Citrouille » ? Elle n'était pas trop contente que Mina ait déjà donné un nom à SON chaton.

– Mina ! l'appela Lou. Sarah te parle !

Elle fit un clin d'œil à Chloé.

– Mina est toujours dans la lune. Elle vit sur sa planète.

Mina se retourna vivement.

– Pardon?

Elle haussa les sourcils en voyant tous les regards braqués sur elle.

– Oh, désolée! Je disais juste bonjour à Citrouille et aux autres.

– C'est Caramel, dit Chloé à mi-voix, en se sentant rougir. Il s'appelle Caramel.

Tante Sarah vola à son secours.

– Oui, Mina, tu vas devoir arrêter de l'appeler Citrouille. C'est Chloé qui l'a adopté, et elle l'a baptisé Caramel.

– Oh! s'exclama Mina. Oups!

Un grand sourire creusa deux fossettes sur ses joues.

– Excuse-moi, dit-elle à Chloé, j'étais tellement pressée de revoir les chatons que je ne t'avais pas remarquée!

– Hou, la mal élevée! plaisanta Lou. Rassure-toi, on n'est pas toutes comme ça, ici.

Chloé, embarrassée, ne savait pas trop quoi répondre. À cet instant, le chaton gris, qui tentait d'escalader l'une des bottes de Lou, retomba par terre dans un roulé-boulé. Chloé laissa échapper un gloussement. *Miaou!* fit le chaton, surpris.

Tout le monde éclata de rire.

– Bon, Lou et Mina, à votre tour de choisir, dit tante Sarah. Quels sont vos préférés?

Les deux filles s'agenouillèrent, l'air pensif.

Choisir un chaton était une affaire sérieuse !

– Il faut que le mien puisse s'entendre avec Ficelle, déclara Lou. C'est la chatte qu'on a à la maison.

Elle souleva le chaton noir, qui s'attaqua

aussitôt à sa main en la mordant et en la frappant de ses pattes arrière.

– Peut-être pas toi, lui dit-elle. Si tu commences à faire ça à Ficelle, ça ne va pas lui plaire.

Pendant ce temps, Mina câlinait le chaton gris.

– Je trouve que c'est toi le plus mignon, lui déclara-t-elle en lui grattant la tête. Sarah, je peux adopter Roméo ?

– Pas de problème, répondit tante Sarah. Si tu es sûre que ta mère est d'accord...

– Oui, heureusement... assura Mina. Ouf !

Puis elle se tourna vers Chloé.

– Au début, ma mère ne voulait pas. Elle

trouvait que j'avais trop d'activités en dehors de l'école pour m'occuper en plus d'un animal. Mais j'ai promis de prendre bien soin de toi, Roméo.

Chloé vint s'agenouiller à côté d'elle pour caresser Caramel.

– Je suis contente que ta mère ait changé d'avis, lui dit-elle.

– Et toi, Lou? demanda tante Sarah. Tu t'es décidée?

Lou caressait le chaton blanc à la tête rayée qui attaquait le tabouret quand Chloé était arrivée. Il ronronnait paisiblement dans ses bras, comme s'il était le chaton le plus sage du monde.

– J'aimerais bien prendre celui-là, dit Lou.

– Elle, c'est une fille, l'informa tante Sarah.

– Bonjour, mademoiselle, je vais vous

appeler Plume. Pas vrai que tu seras gentille avec Ficelle ?

– Génial, voilà trois chatons adoptés en cinq minutes ! s'exclama tante Sarah. Vos mamans ne devraient pas tarder à venir vous chercher, les filles. Je réglerai les derniers détails avec elles.

Pile à cet instant, on sonna à la porte.

– Justement, je crois qu'elles arrivent, reprit tante Sarah. Je reviens tout de suite.

Mais ce n'était pas les mères de Lou et Mina. Trois autres filles surgirent dans la cuisine, suivies d'une femme brune qui eut l'air étonnée de trouver autant de monde dans la pièce.

– Désolée, Sarah ! s'exclama-t-elle. Je ne savais pas que tu avais des invités. Tu préfères qu'on revienne plus tard ?

– Mais non, au contraire ! répondit tante Sarah. Je vous présente Cathy, une amie, et sa fille Violette... et...

– ... et voici Lili, qui habite dans notre rue, et Jade sa meilleure amie, compléta Cathy. Eh bien, tout le village a l'air d'être au courant qu'il y a des chatons à adopter !

Ses yeux tombèrent sur Chloé, Lou et Mina, et revinrent se poser sur Sarah.

– Heu, reprit-elle, un peu inquiète. Il y aura assez de chatons pour tout le monde ?

– Tout juste, la rassura tante Sarah. Le roux, le gris et le blanc tacheté sont déjà adoptés, mais il en reste pile trois.

Les nouvelles venues rejoignirent les autres par terre autour des chatons. Lili avait des cheveux blonds tout courts et portait des lunettes à montures d'acier bleues rectangulaires. Jade, dont les cheveux étaient coiffés

en une multitude de petites tresses, était habillée en rose des pieds à la tête. Quant à Violette, elle avait des cheveux ondulés coupés au carré et portait un maillot de football.

Lou fit les présentations.

– Salut, répondirent Violette, Jade et Lili toutes en même temps.

Cela fit rire le petit groupe. Puis elles se mirent à parler des chatons. Même Chloé avait un peu oublié sa timidité, grâce à la présence des bébés chats et à leurs bêtises.

Au bout de quelques minutes, Lili choisit le petit noir, qu'elle baptisa Filou, et Jade et Violette prirent chacune un tigré.

– Parce qu'ils sont super copains, et nous aussi, expliqua Jade avec un grand sourire. Le mien va s'appeler Gribouille, parce qu'on dirait qu'on l'a colorié.

– Et la mienne... Chaussette!
annonça Violette.

– Parfait! s'exclama tante Sarah.
Je suis contente que tous les bébés de Sissi aient trouvé des foyers
aussi accueillants. Ils doivent encore rester une semaine auprès
de leur mère. Mais vous pourrez venir les
chercher samedi prochain. Ça vous va?

– Ouais!! lança Violette, qui tenait Chaussette sur ses genoux.

Elle rit doucement quand celle-ci se mit à
lui pétrir la jambe en ronron-
nant de bonheur.

– Je n'en reviens pas d'avoir
un chaton à moi, reprit-elle.

– Moi non plus, dit Chloé.
Vivement samedi prochain!

Chapitre 3

Les Peters passèrent les jours suivants à défaire les cartons et à s'installer dans leur nouvelle maison. Heureusement, c'était les grandes vacances, et il restait trois semaines avant la rentrée. Chloé avait tout le temps d'organiser sa nouvelle chambre. Ses parents l'avaient repeinte en lilas, et elle la décora avec des guirlandes d'ampoules colorées et plein de photos de ses amies de Londres.

Chloé tâchait de ne pas trop penser à la rentrée, et à sa nouvelle école où elle ne connaîtrait personne. Et si les autres ne l'aimaient pas ? Et s'ils avaient déjà tous des amis et qu'il n'y avait plus de place pour elle ?

Elle se changea les idées en préparant l'arrivée de Caramel. Le mercredi après-midi, elle passa des heures à l'animalerie avec sa

mère, à choisir toutes les affaires dont il aurait besoin : des croquettes pour chatons, des écuelles pour l'eau et la nourriture, un bac à litière et un panier confortable.

Sur le chemin du retour, elle persuada sa mère de s'arrêter chez tante Sarah pour revoir Caramel et montrer à sa tante tout ce qu'elles avaient acheté.

Les six chatons gambadaient dans la cuisine ; ils chahutaient, se pourchassaient et escaladaient leur mère. Il n'y avait que quatre jours que Chloé les avait vus pour la première fois, mais elle aurait juré qu'ils avaient grandi.

Caramel jouait avec une petite balle rouge munie d'un grelot. Chloé se pencha pour le prendre, et il frotta son front tout doux contre sa main en ronronnant.

– Salut, Caramel, lui dit-elle, toute attendrie.

– Tu lui as acheté une brosse ? lui demanda tante Sarah en leur versant du thé. Si tu as

oublié, je peux t'en passer une. Avec la fourrure qu'il a, il faudra s'en occuper régulièrement.

– Je n'y ai pas pensé, avoua la mère de Chloé. J'ai déjà assez de mal à persuader Chloé de se peigner le matin. Alors, brosser le chat..., plaisanta-t-elle.

Chloé prit la petite brosse en bois que lui tendait sa tante et s'assit avec Caramel sur les genoux.

– Je le ferai tous les jours! promit-elle.

Elle passa la brosse douce dans la fourrure du chaton, qui se laissa faire sans bouger. Il avait même l'air d'apprécier!

– Voilà, dit Chloé quand elle eut fini. Maintenant, tu es le chaton le plus chic de la ville.

Tante Sarah lui donna d'autres conseils sur les besoins des chatons. Elle lui expliqua qu'il leur fallait beaucoup de sommeil, comme les bébés, et lui dit quand et comment le nourrir. Au bout d'un moment, Chloé cessa d'écouter, parce que Caramel attaquait le bas de son pantalon, en bondissant sur son pied et en tirant sur son ourlet.

– Ça va être trop chouette, hein, Caramel?

Enfin, le jour tant attendu arriva. Le samedi à huit heures du matin, Chloé était prête pour aller chercher Caramel… mais sa mère l'obligea à prendre son petit déjeuner. Le temps qu'elles arrivent chez tante Sarah, Jade, Violette et Lili étaient déjà là avec leurs parents.

Chloé se sentit soudain intimidée devant tous ces gens. Elle allait devoir faire un effort ! Sa mère avait déjà engagé la conversation avec les adultes. Chloé inspira à fond et alla rejoindre les filles, regroupées autour des chatons.

– Salut ! dit-elle en se sentant devenir écarlate.

– Salut, lui répondit Violette. Ton nom, c'est bien Chloé ?

Cette fois, elle portait un autre maillot de football, un jean et des baskets.

Chloé fit oui de la tête et s'accroupit pour prendre Caramel dans ses bras.

– Bonjour, toi, lui dit-elle.

Jade était en train de détacher doucement les griffes de son chaton, restées accrochées à son tee-shirt rose.

– Fais attention, Gribouille ! le rabroua-t-elle. C'est mon tee-shirt préféré !

– Il est déjà très attaché à toi, on dirait ! blagua Lili.

Puis elle se tourna vers Chloé.

– Je parie que tu es contente de pouvoir emmener Caramel chez toi aujourd'hui.

– Tu parles ! s'exclama Chloé. Ça fait des années que je rêve d'avoir un chat ! J'ai compté les jours, cette semaine.

– Moi aussi, intervint Jade. On n'a pas d'animal à la maison. Sauf si on compte mon frère ; mais il n'est pas aussi mignon qu'un chaton !

Elle sursauta tandis que Gribouille essayait d'attraper les perles de son collier.

– Dis donc, Gribouille, petite canaille !

La porte de la cuisine s'ouvrit sur Lou et Mina, toutes les deux en tenue d'équitation.

– Salut, tout le monde ! lança Mina avec un grand sourire qui creusa ses fossettes. C'est le grand jour !

– Salut, les filles, dit Lou en passant une main dans ses cheveux en bataille. C'était génial, le cheval, aujourd'hui. Tu devrais venir la prochaine fois, Chloé. On a fait du saut, c'était dingue !

– C'est vrai, au fait ! Tu as réfléchi pour l'équitation, Chloé ? demanda tante Sarah.

Chloé fut touchée que Lou ait pensé à elle.

– J'aimerais bien essayer, répondit-elle. Mais je ne suis jamais montée à cheval. Je ne sais pas si je pourrai faire du saut tout de suite.

– Sans doute pas, confirma Lou. Mais tout le reste aussi, c'est génial !

– Et tu pourrais nous donner des nouvelles de Caramel toutes les semaines ! ajouta Mina.

Lili croisa les bras sur sa poitrine et prit une moue boudeuse.

– Ouin ! C'est pas juste ! gémit-elle avec une voix de bébé. Vous allez toutes vous voir sauf moi !

Les autres éclatèrent de rire. Chloé songea avec un petit sourire que Lili aimait bien faire son numéro.

– Sympa ! s'exclama Violette. Tu vas me voir, moi, je te signale ! J'habite dans ta rue !

Lili eut un soupir déchirant

– D'accord, reprit-elle, mais... toi, tu es toujours fourrée avec Jade, et vous trois (elle désigna Chloé, Lou et Mina), vous irez à l'équitation ensemble. Et vous allez toutes parler des chatons sans moi !

Il y eut un silence. Tout à coup, le visage de Mina s'illumina.

– Dites, et si on se re-trouvait toutes les six ? On pourrait même se voir avec nos chatons !

Tante Sarah, qui prépa-rait le café, tourna la tête en entendant cela.

– Je vous rappelle qu'ils

ne pourront pas sortir avant deux mois, si-
gnala-t-elle. Il faut d'abord qu'ils aient eu
leurs vaccins.

– Oh, fit Lili, déçue. Mais ça ne nous empêche pas de nous voir, non? On pourrait
former un genre de club!

– Ouais! s'exclama Lou. Super, ton idée!
On pourrait s'appeler... le club des chatons!

– Le club des chatons! J'adore! s'écria

Violette en caressant Chaussette qui se frottait à ses chevilles. On n'a qu'à se retrouver une fois par semaine pour se donner des nouvelles de nos chatons !

– Ce serait chouette, approuva Chloé, qui avait oublié sa timidité. On pourrait même tenir une sorte de journal.

– Ouais, et mettre des photos des chatons dedans ! ajouta Lili, les yeux brillants.

– Et on pourrait se choisir des noms de code, proposa Jade. Des noms secrets qu'on serait les seules à connaître !

Lou les regarda à tour de rôle d'un air de conspiratrice et dit à mi-voix :

– Alors, qu'est-ce que vous en pensez ? Tout le monde est d'accord ?

– Oui ! répondirent les autres en chœur.

– C'est décidé, déclara Lili. Nous six et nos magnifiques chatons, on est officiellement membres du club des chatons. Hourra !

Chapitre 4

Dans la voiture, en rentrant à la maison, Chloé ne regrettait presque plus d'avoir déménagé. Non seulement elle avait son chaton à elle, mais elle venait de se faire cinq amies, et elle faisait partie d'un club !

Les filles s'étaient mises d'accord pour se retrouver le samedi suivant chez Lili.

– N'oubliez pas de penser à un nom de code secret, leur avait rappelé celle-ci en leur donnant son numéro de téléphone et son adresse.

Un nom de code secret... Voyons... Pour le moment, Chloé n'avait aucune idée. Tandis qu'elle réfléchissait, un miaulement sortit du carton posé à côté d'elle sur la banquette

arrière. Une petite patte rousse apparut à travers l'un des trous percés dans la boîte. Pauvre Caramel! Tante Sarah leur avait donné un carton équipé d'un couvercle, pour l'empêcher de s'échapper. Il devait être terrorisé, enfermé dans le noir dans un véhicule en marche!

Chloé lui caressa doucement la patte.

– Tout va bien, Caramel, lui dit-elle d'un ton apaisant. On sera bientôt à la maison.

De retour chez elle, Chloé porta la boîte à la cuisine, prit soin de refermer la porte et souleva le couvercle. Puis elle prit Caramel dans sa main, s'agenouilla, et le caressa en lui parlant tout doucement pour le  rassurer. Il devait être complètement perdu.

Au bout de quelques minutes, le chaton sauta de ses genoux. Il se mit à trottiner ici et là en reniflant tout ce qu'il trouvait. Il lapa un peu d'eau dans son écuelle et mangea quelques croquettes, puis il s'amusa avec un bout de ficelle que Chloé traînait à travers la pièce. Mais au bout d'un moment, il se mit à tourner en rond en miaulant, comme s'il cherchait sa mère.

Chloé l'observa avec inquiétude.

– Sa famille doit lui manquer, dit-elle à sa mère. Et s'il n'arrive pas à s'habituer à sa nouvelle maison ?

Mme Peters passa un bras autour de ses épaules.

– Tout va bien se passer, lui assura-t-elle. C'est normal qu'il soit perdu au début. Il faudra juste lui faire beaucoup de câlins quand il se sentira seul. Mais il va s'y faire.

– Mais oui, tu verras, intervint son père. Bientôt, ce sera le chaton le plus heureux du monde.

Chloé se mordit la lèvre. Pourvu qu'ils aient raison ! Elle prit Caramel dans ses bras et posa la joue sur sa fourrure toute douce.

– Ne t'en fais pas, Caramel, lui dit-elle. Je vais prendre bien soin de toi.

Ce soir-là, pour que Caramel ne dorme pas tout seul, Chloé porta son panier dans sa chambre. Ses parents vinrent lui dire bonne nuit, puis elle resta les yeux grands ouverts dans le noir. Elle sourit en entendant le chaton remuer dans son petit panier, et ne put s'empêcher de rallumer sa lampe de chevet.

– Qu'est-ce que tu fabriques, petit coquin ? lui demanda-t-elle. Je vois, tu essaies d'attraper ta queue !

Au son de sa voix, Caramel miaula, descendit de son panier et trottina jusqu'à son lit. Elle tendit la main pour le caresser. Il miaula plus fort.

– Tu t'ennuies tout seul ? lui dit-elle. Tu veux venir dormir avec moi ?

Comme pour lui dire oui, Caramel se mit à ronronner. Chloé le prit dans sa main et le déposa sur sa couette. Il ronronna de plus belle, une vraie locomotive ! Puis il s'enroula sur lui-même, ferma les yeux, et s'endormit.

Chloé osait à peine respirer, de crainte de le réveiller. C'était trop génial d'avoir un chaton dans son lit ! Mais elle n'allait jamais réussir à dormir. Elle aurait trop peur de le réveiller en bougeant, ou pire, de l'écraser dans son sommeil !

Elle ne voyait qu'une solution. Chloé s'éloigna du chaton centimètre par centimètre et, le plus lentement, le plus doucement possible, elle se leva. Elle prit son oreiller, éteignit la lumière et... se coucha par terre, en laissant tout le lit à Caramel.

Chapitre 5

Le lendemain matin, Chloé se réveilla dans son lit... et Caramel avait disparu. Elle se frotta les yeux et inspecta toute la chambre. Elle n'avait pas rêvé, pourtant : elle avait bien un nouveau chaton !

Chloé enfila sa robe de chambre et descendit l'escalier quatre à quatre. À son grand soulagement, elle trouva Caramel dans la cuisine. Il s'amusait à bondir sur les pieds nus de son père qui se préparait une tasse de thé.

– Ouf, te voilà ! s'exclama-t-elle.

Elle s'accroupit pour lui faire un câlin, et il lui tapota la joue avec une patte.

– Papa, je croyais que Caramel allait dormir dans ma chambre ! reprit Chloé.

– Nous aussi, répondit-il. Jusqu'à ce qu'on le retrouve dans ton lit... et toi couchée par terre.

– Je l'ai pris avec moi parce qu'il se sentait seul, expliqua-t-elle.

– Je vois, dit son père. Mais ta mère et moi, on a pensé qu'il serait mieux ici, près de sa litière et de ses écuelles. Et comme ça, c'est toi qui dors dans ton lit, et pas Son Altesse à moustaches !

Quelques jours passèrent. La mère de

Chloé avait commencé son nouveau travail, et son père était occupé dans son bureau à la maison. Mais Chloé ne s'ennuyait pas une seconde. Elle passait tout son temps avec Caramel, et grâce lui, elle avait l'impression d'avoir de nouveau un meilleur ami.

Ses parents la poussaient à sortir : à jouer dans le jardin, à s'inscrire au cours de danse ou d'équitation. Mais tout ce qu'elle voulait, c'était s'occuper de son chaton. Elle lui donnait à manger dès qu'il s'approchait de son écuelle. Elle jouait avec lui, elle le brossait. Et dès qu'il avait l'air de chercher sa mère, elle lui offrait une friandise. Comme il restait de la chantilly du dessert de dimanche, elle lui en donnait une petite cuiller de temps en temps. Quand ses parents n'étaient pas là pour la voir, elle prenait du poulet froid dans le réfrigérateur et lui en coupait quelques morceaux. Et un soir, comme il avait l'air triste, elle lui emplit son écuelle de lait bien crémeux. Il le lapa goulûment.

– Tu te régales, hein ? lui dit-elle. Pas vrai que je suis la meilleure maîtresse du monde ?

Le jeudi matin, Caramel avait l'air un peu patraque. Il avait vomi sur le carrelage de la cuisine et ne voulait rien manger. La mère de Chloé était déjà partie travailler. Elle courut chercher son père.

– Tu crois qu'on devrait appeler le vétérinaire? lui demanda-t-elle, inquiète.

Caramel était roulé sur lui-même dans son panier, immobile, les yeux fermés.

Son père secoua la tête.

– Inutile de t'inquiéter, répondit-il. Je suppose que les chatons sont parfois un peu fragiles, comme les bébés. Quant à toi, tu as besoin de prendre l'air. Tu es toute pâlotte. Allez, je t'emmène faire un tour au parc. Tu n'as pas mis le nez dehors depuis des jours.

– Mais on ne peut pas laisser Caramel tout seul! s'écria Chloé.

Elle se sentait incapable de s'amuser au parc alors que Caramel était malade. Elle se ferait trop de souci.

– S'il te plaît, papa! reprit-elle. Je peux rester? Je n'ai pas envie de prendre l'air. Je veux juste m'occuper de lui!

Son père hésita.

– Chloé... lui dit-il doucement, les chats n'ont pas besoin qu'on s'occupe d'eux vingt-quatre heures sur vingt-quatre. Ce sont des animaux très indépendants. Ça ne les gêne pas de rester tout seuls.

– Mais Caramel n'est qu'un bébé ! observa Chloé. En plus, il ne se sent pas bien.

– Je pense quand même que ça te ferait du bien de jouer avec d'autres enfants, insista son père.

– Je ne connais personne ici, répliqua Chloé. Mon seul ami, c'est Caramel.

– Et les filles que tu as rencontrées chez tante Sarah ? Elles avaient l'air sympas. Il y en a même une qui t'a donné son numéro de téléphone. Je pourrais l'appeler pour l'inviter !

Chloé se mordit la lèvre. C'était vrai qu'elle se sentait un peu seule. Mais Lili était si pleine de vie, si pétillante qu'elle devait déjà avoir des tonnes d'amis. Ce serait vraiment gênant si son père appelait, et si Lili n'avait

pas envie de la voir. À cette pensée, Chloé devint écarlate.

– Non merci, répondit-elle. J'ai juste envie de rester avec Caramel, je t'assure.

– Bon... entendu, céda son père avec un soupir. Mais tu sais, Chloé, si on a adopté un chaton, c'était pour que tu te sentes moins seule en arrivant ici. Il ne faudrait pas que ça t'empêche d'avoir des activités et de rencontrer des gens !

Chloé haussa les épaules.

– Je vais très bien, papa.

Elle ne pouvait pas imaginer laisser Caramel tout seul. Il passait avant tout le reste.

Chapitre 6

Le samedi matin, Chloé avait sa première leçon d'équitation. Mais tante Sarah téléphona pour prévenir que le moniteur était malade et que le cours était annulé.

Chloé ne fut pas vraiment déçue : cela lui laisserait plus de temps pour jouer avec Caramel. Il avait retrouvé son entrain et paraissait totalement remis.

La première réunion du club des chatons avait lieu l'après-midi même. Toute la semaine, Chloé l'avait attendue avec impatience. Mais au dernier moment, elle fut prise d'une crise de panique. Les autres filles avaient-elles vraiment envie qu'elle fasse partie du club? Et si elles avaient juste pitié d'elle parce qu'elle ne connaissait personne?

Chloé avait l'estomac noué en remontant avec sa mère l'allée de chez Lili. Celle-ci lui ouvrit avec un grand sourire.

– Entre, lui dit-elle. Tout le monde est déjà là.

– À tout à l'heure! lança Mme Peters en s'éloignant. Amusez-vous bien!

Les filles étaient assises en cercle par terre au salon. Filou, le chaton noir de Lili, gambadait de l'une à l'autre pour se faire cajoler. Lui aussi, il avait l'air d'apprécier cette réunion!

– Salut, Chloé, l'accueillit Jade. On parlait de nos noms de code. Tu as réfléchi au tien? Moi, c'est Patte de Velours!

Chloé songea qu'avec ses ongles vernis et ses jolies boucles d'oreilles, Jade avait parfaitement choisi son surnom.

– Super, parvint-elle à dire avec un sourire timide. Vous avez toutes trouvé un nom ?

– Vous allez vous moquer de moi, dit Violette. Comme j'adooore la guimauve, j'ai pensé à... Chamallow.

Tout le monde éclata de rire.

– Attendez, je vais les noter, proposa Lili.

Elle ouvrit un grand cahier et Chloé vit qu'elle avait déjà écrit « Le club des chatons » en belles lettres arrondies en haut de la première page.

Lili s'allongea à plat ventre sur le tapis et commença à inscrire en dessous la liste des surnoms :

Jade... Patte de Velours

Violette... Chamallow

Lili... Catwoman

– Catwoman, comme dans le film, précisa-t-elle. J'adorerais pouvoir me changer en chat ! Il y en a d'autres ? Lou, tu as choisi le tien ?

– Moi, ce sera Chat Perché, répondit Lou en plissant le nez. Je n'y peux rien si je grimpe mieux aux arbres que mon frère jumeau...

Puis, avec un coup de coude à Mina :

– Et toi ?

– Quoi ? fit Mina, la tête ailleurs. Oh... moi, ce sera... Bastet ! Comme la déesse égyptienne qui a une tête et un corps de chatte...

Et elle battit des cils.

– Il ne reste plus que toi, Chloé, dit Jade. Tu as trouvé quelque chose ?

Chloé réfléchit un instant, puis son regard

tomba sur Filou, qui avait de superbes yeux verts. Presque tous les chats avaient les yeux verts, non ? Comme elle...

– Je m'appellerai Émeraude, déclara-t-elle timidement.

Elle caressa Filou et le prit dans sa main. Il était léger comme une plume, comparé à Caramel !

Chloé... Émeraude, écrivit Lili dans l'album.

Puis elle posa son stylo.

– Génial ! s'exclama-t-elle. Eh bien, Patte de Velours, Chamallow, Chat Perché, Bastet et Émeraude, bienvenue chez Catwoman ! Toutes celles qui trouvent que le Club des Chatons est le meilleur club du monde, dites « Miaou ! »

– MIAOU ! lancèrent les filles en chœur.

Et elles gloussèrent toutes les six.

Puis elles écrivirent à tour de rôle quelques lignes dans l'album. Chacune raconta comment son chaton s'était adapté lors de cette première semaine. Apparemment, ils avaient tous des caractères très différents !

Roméo adore explorer, écrivit Mina. Un peu trop, même ! Il a déjà réussi à se faire enfermer dans le sac à linge sale et dans le placard sous l'évier. Heureusement qu'il miaule fort et que j'ai pu le retrouver ! En tout cas, il aime l'action et l'aventure.

– Avec Filou, il n'y a pas de risque, dit Lili en lui chatouillant le ventre. C'est tout le contraire, c'est un petit trouillard. Hein, Filou ? Je crois qu'il n'aime pas rester tout seul. Maman dit qu'il déteste quand je ne suis pas là. Dès que je m'en vais, il fait des bêtises, comme grimper aux rideaux ou griffer les meubles.

– Plume aussi grimpe aux rideaux, intervint Lou. Et elle en fait voir de toutes les couleurs à Ficelle. La pauvre, elle est vieille, maintenant, et ça ne lui plaît pas trop quand Plume lui saute dessus.

Chloé fit rire tout le monde en racontant comment elle s'était retrouvée à dormir par terre la première nuit.

Ensuite, elles s'installèrent à l'ordinateur familial de Lili et s'amusèrent à créer des certificats de membres du club. Puis elles mirent des heures à les décorer et à les colorier.

Sur le sien, Chloé dessina une frise d'empreintes de chat qui rendait vraiment bien!

À quatre heures et demie, on sonna à la porte et les six filles poussèrent des grognements de protestation.

– Oh non! gémit Mina. Déjà l'heure de partir! Avec la chance que j'ai, je parie que c'est ma mère!

En fait, c'était la mère de Chloé.

– Vous vous êtes bien amusées? leur demanda-t-elle en entrant.

– Ouais!! répondirent-elles d'une seule voix.

– Eh bien, reprit Mme Peters en souriant, vous pourriez organiser la prochaine réunion chez nous. Qu'est-ce que vous en dites?

Tout le groupe approuva, surtout quand elle promit de leur faire des cookies au chocolat!

Chloé nota son adresse et son numéro de téléphone pour tout le monde.

– Et vous pouvez passer quand vous voulez,

les filles, précisa Mme Peters juste avant de partir. On vient d'arriver dans la région, et on ne connaît pas encore grand monde. Ça nous ferait plaisir d'avoir de la visite.

– Super, dit Lili. Alors, à bientôt ! Fais un câlin à Caramel pour moi, Chloé !

Chapitre 7

La semaine suivante fila encore plus vite
que la première. Chloé passait son temps à
jouer avec Caramel et à s'occuper de lui. Elle
avait acheté un paquet de friandises pour
chat à l'animalerie et s'amusait à en laisser
un peu partout pour qu'il les trouve. Ce jeu
plaisait beaucoup à Caramel, surtout quand

il les croquait avec ses petites dents pointues.

Ses parents la poussaient toujours à trouver des activités en dehors de la maison. Sa mère avait rapporté des brochures sur les scouts, les cours de danse et de natation, mais Chloé avait tout refusé obstinément. Elle ne se sentait pas prête à se retrouver seule face à un groupe d'enfants qu'elle ne connaissait pas. Le mercredi, Chloé reçut une lettre qui portait le tampon du village. Elle l'ouvrit avec impatience, en se demandant qui pouvait bien lui écrire. Dans l'enveloppe, elle trouva une carte qui représentait deux chats. Au dos, il y avait écrit :

Émeraude,
Je t'invite à venir goûter
chez moi vendredi.
Bisous,
Patte de Velours
Téléphone : 01222 720 811

Quelle bonne surprise ! Chloé aimait beaucoup Jade – ou plutôt Patte de Velours, et puis ce serait chouette de revoir Gribouille ! Elle demanda à son père de téléphoner tout de suite pour dire qu'elle serait très contente de venir.

Le vendredi, avant de partir chez Jade, Chloé dorlota Caramel. Elle le brossa longuement, puis versa du lait bien crémeux dans son écuelle. À ce moment-là, son père lui cria qu'il était temps de partir. Chloé sursauta, et laissa couler un peu plus de lait que prévu.

– Bah, ce n'est pas toi qui vas t'en plaindre, pas vrai, Caramel ? dit-elle au chaton. Désolée, je dois m'en aller. Mais je reviens bientôt, promis !

L'après-midi chez Jade fut très réussi. Les

filles jouèrent avec Gribouille, fabriquèrent des colliers et des bracelets de perles, et mangèrent du gâteau au chocolat pour le goûter. Mais de retour chez elle, Chloé apprit que Caramel avait encore vomi sur le carrelage de la cuisine.

– C'est pas vrai! s'exclama-t-elle en se précipitant vers le panier où dormait le chaton. Ça va, Caramel?

– C'est peut-être parce qu'on lui a donné une autre marque de croquettes aujourd'hui, dit sa mère. On va reprendre celle d'avant, ça va peut-être s'arranger.

– D'accord, répondit Chloé.

Mais elle n'était pas totalement rassurée. Pourvu que Caramel soit en forme pour la prochaine réunion du club des chatons! Elle avait tellement hâte que ses amies le revoient!

Heureusement, le samedi matin, Caramel allait beaucoup mieux. Pendant le petit déjeuner, il ronronnait bruyamment et s'entêtait à vouloir escalader la chaise de Chloé.

– Avoue, lui dit-elle, c'est moi que tu aimes, ou cette délicieuse odeur de bacon?

Elle se pencha pour le caresser et il se mit aussitôt à lui lécher les doigts.

– Ça chatouille! s'exclama-t-elle en riant.

Elle essaya de l'ignorer pendant qu'elle finissait son assiette, mais il la regardait avec de grands yeux en poussant des petits miaulements plaintifs. Chloé jeta un coup d'œil vers ses parents. Sa mère, le dos tourné, beurrait une tartine, tandis que son père cherchait de la confiture dans le réfrigérateur.

– Bon, d'accord, chuchota-t-elle à Caramel, incapable de résister plus longtemps à ses gémissements.

Elle coupa quelques petits morceaux de bacon et les fit tomber au pied de sa chaise. Il les avala goulûment. Chloé sourit. Après tout, il avait bien droit à un petit déjeuner du week-end, lui aussi.

Puis Chloé alla s'habiller. Quand elle redescendit vingt minutes plus tard, ses parents lui dirent qu'il venait encore de vomir. Il était couché dans son panier, tout tremblant, les yeux perdus dans le vide.

Chloé avait envie de pleurer. Elle s'agenouilla pour le caresser.

– Oh, maman, dit-elle en se mordant la lèvre. Qu'est-ce qu'il a? Tu crois qu'il est malade?

– Il doit avoir l'estomac fragile, en tout cas, répondit sa mère. S'il vomit encore, il faudra l'emmener chez le vétérinaire. Le pauvre, il a le ventre tout gonflé !

Elle regarda l'heure.

– Déjà cette heure-ci ? Il faut que tu te dépêches de te préparer pour ton cours d'équitation !

Chloé avait totalement oublié.

– Oh, maman, je suis obligée d'y aller ? implora-t-elle. Je n'arriverais pas à me concentrer

en pensant à Caramel. Allez, je peux rester ici ?

Sa mère hésita.

– S'il te plaît ! insista sa fille. J'irai la semaine prochaine, promis !

Mme Peters soupira.

– C'est bon pour cette fois. J'appelle tante Sarah pour la prévenir.

Caramel dormit toute la matinée, sous l'œil attentif de Chloé. Après le repas, ce fut l'heure de la deuxième réunion du Club des Chatons. Dès le premier coup de sonnette, Chloé fila ouvrir.

– Salut, lança-t-elle, un peu intimidée à la vue de Violette, Jade et Lili sur le pas de sa porte.

Puis elle se souvint des noms de code et reprit en souriant :

– Salut, Chamallow, salut, Patte de Velours, salut, Catwoman !

– Hello, Émeraude, répondit Lili en prenant l'accent américain.

Tout le monde éclata de rire.

– Alors, où est-il, ton petit roudoudou ? Il FAUT que je le voie ! reprit Lili.

– Il est dans la cuisine. Venez !

À la cuisine, Caramel dormait toujours, roulé en boule dans son panier.

– Ooooh, dit Violette à mi-voix, ils sont trop mignons quand ils s'enroulent dans leur petite queue comme dans une écharpe. Chaussette fait ça aussi. C'est craquant !

La mère de Chloé vint saluer les filles. Elle leur servit du jus de fruit et des biscuits.

– Si vous avez besoin de quelque chose, je suis dans le jardin, leur dit-elle avant de sortir.

La sonnette retentit de nouveau : cette fois, c'était Lou et Mina.

– Tout va bien ? lui demanda aussitôt Lou en enlevant ses baskets. On t'a attendue à l'équitation, ce matin !

– Caramel a été malade et je ne voulais pas le laisser tout seul, lui expliqua Chloé. Mais il va mieux, maintenant. Entrez ! Les autres sont déjà là.

Les filles s'installèrent à la table de la cuisine et Lili sortit l'album du club.

– Bien, faisons l'appel, annonça-t-elle. Je vais vous appeler par vos noms de code et... (ses yeux luisirent joyeusement derrière ses lunettes) Je sais ! Quand je dis votre nom, vous répondez « Miaou ! »

La proposition fit rire tout le monde.

– C'est pire qu'à l'école, avec toi ! la taquina Violette.

– Chamallow ? commença Lili.

– Miaou, madame l'institutrice, répondit Violette.

– Émeraude ?

– Mia... Oh, Caramel s'est réveillé !

Chloé bondit de sa chaise tandis qu'il escaladait le bord de son panier.

– Tu te réveilles pile au bon moment, lui dit-elle. Tu te sens mieux ?

– Ce qu'il est chou ! s'exclama Jade. Regardez-le, il est encore tout endormi !

Elle s'approcha, suivie de tout le groupe.

– Il a grossi, dis donc ! dit Mina, étonnée. Une vraie petite boule !

– Petite, c'est vite dit, rectifia Lou. Il est deux fois plus gros que Plume. Et regardez le ventre qu'il a !

– Il est super gourmand, confirma Chloé. Et il adore le lait. Il en boit une écuelle pleine presque tous les jours !

Violette fronça les sourcils.

– Ah bon ? Tu sais, le lait de vache, ce n'est

pas bon pour les chatons. Ils ne le digèrent pas. Ma mère dit que ça peut les rendre malades.

Chloé se sentit devenir écarlate. Oh la la... Est-ce que les problèmes de Caramel pouvaient venir du lait ? Le ventre du chaton semblait encore très gonflé. Elle se mordit la lèvre, honteuse.

– Je lui ai aussi donné du bacon, avoua-t-elle d'une petite voix, sans regarder les autres. Et... et pas mal de friandises pour chat, ces jours-ci...

– Pas étonnant qu'il soit maousse ! lâcha Lili. Le pauvre, on dirait qu'il va exploser ! On ne doit pas donner trop à manger aux chatons.

Pendant une minute horrible, Chloé crut qu'elle allait éclater en sanglots.

– Je voulais juste lui faire plaisir, se défendit-elle.

Jade glissa un bras autour de ses épaules.

– On sait, la rassura-t-elle. Mais il y a d'autres moyens de lui faire plaisir.

– C'est comme quand on est parent, poursuivit Mina. Moi, je réclame toujours des bonbons à ma mère, mais elle me dit non parce que c'est mauvais pour mes dents.

Elle haussa les épaules d'un air résigné, et reprit :

– D'une certaine manière, on doit faire pareil avec nos chatons. On ne peut pas toujours leur donner tout ce qu'ils veulent.

Une larme coula sur la joue de Chloé. Si seulement elle avait écouté les explications de sa tante quand elle lui disait comment nourrir Caramel! Et elle qui se prenait pour une maîtresse géniale! Alors que maintenant, à cause d'elle, son chaton était malade!

Chapitre 8

Tout le petit groupe s'était assis en rond autour de Caramel.

– Ça va s'arranger, dit Violette en le caressant doucement. Tu pourrais commencer par lui donner de l'eau. S'il a mangé du bacon ce matin, il doit avoir soif. Moi, ça me donne toujours soif quand j'en mange.

Chloé se leva en essuyant ses larmes. D'une main tremblante, elle remplit l'écuelle de Caramel au robinet de l'évier. Comment avait-elle pu être aussi bête ? Elle aurait pu rendre son chaton vraiment malade !

– Encore heureux que je fasse partie du club des chatons ! dit-elle d'une petite voix étouffée. Sans vous, Caramel aurait fini par devenir une grosse boule !

Elle posa l'écuelle devant le chaton, qui se mit à boire aussitôt.

– Bah, tout le monde peut se tromper, dit Jade en souriant.

Elle caressa le dos de Caramel, qui se mit à ronronner.

– Toi, mon petit, lui annonça-t-elle, on va te mettre au régime. Mais c'est juste parce que Chloé t'adore, tu sais !

Caramel leva le nez de son écuelle, pencha la tête sur le côté et la regarda avec le plus grand sérieux, comme s'il avait tout compris.

Miaou, approuva-t-il.

La suite de la réunion fut beaucoup plus joyeuse. Chloé se sentait même soulagée, maintenant qu'elle savait ce qui n'allait pas chez Caramel. Au moins, il n'avait rien de grave !

Chaque membre du club écrivit quelques lignes dans l'album. Un jour, Violette avait eu un coup de panique parce qu'elle ne retrouvait plus Chaussette.

– Elle a peur du chien, expliqua-t-elle aux autres. Et aussi de mes grands frères ! Je l'ai cherchée partout, jusqu'à ce que j'entende miauler tout en haut du rideau. Je n'aurais jamais cru qu'elle pouvait grimper tout là-haut !

– Pauvre Chaussette, dit Mina. Roméo aussi a eu des malheurs. Mardi, quand je suis revenue de la gym, ma petite sœur Isha lui avait mis le pyjama de sa poupée et l'avait couché dans son berceau.

Les filles éclatèrent de rire.

– J'aurais voulu voir ça, dit Lou. Tenez, j'ai apporté des photos de Plume à coller dans l'album. Regardez, sur celle-ci, elle est prête à bondir sur la queue de Ficelle ! Elle l'adore. Mais on ne peut pas dire que c'est réciproque.

Après avoir partagé leurs nouvelles, les filles dessinèrent des portraits de leur chat à coller dans l'album. Puis elles jouèrent un peu avec Caramel, qui semblait aller de mieux en mieux.

Quand ses amies furent parties, Chloé fila voir ses parents. Elle leur avoua que si Caramel était malade, c'était parce qu'elle l'avait nourri en secret et qu'elle lui avait donné du lait.

– Je voulais juste qu'il soit content, leur
expliqua-t-elle. C'est pour lui que je l'ai fait...

Sa mère la prit dans ses bras.

– Je sais, ma puce, lui dit-elle. Mais ça ne
doit pas être ton seul centre d'intérêt. Il faut
juste qu'il mange moins, et que toi, tu fasses
un peu plus de choses pour toi, au lieu de
t'occuper de lui toute la journée.

– C'est aussi un peu notre faute, admit

son père. On aurait dû t'aider à prendre soin de Son Altesse à moustaches, au lieu de te laisser te débrouiller toute seule. Et j'aurais dû prendre du temps pour sortir avec toi.

– On sait que c'est dur de tout recommencer dans un nouvel endroit, reprit sa mère. Mais dans ces cas-là, il faut se jeter à l'eau. Cela dit, tu as déjà les filles du club des chatons, c'est un bon début. Et tu sais ce que j'ai appris aujourd'hui ?

– Quoi ? demanda Chloé.

– J'ai parlé aux autres mamans pendant qu'elles attendaient la fin de votre réunion, et j'ai appris que Lili, Jade et Mina vont toutes les trois aux scouts.

– C'est vrai ?

– Et aussi que Lou et son frère prennent des leçons de natation au centre sportif...

– Cool !

– Et, encore mieux, conclut Mme Peters, que Violette et Jade vont dans la même école que toi. Tu pourras les voir tous les jours !

Soudain, Chloé se sentit soulagée d'un grand poids. Depuis le début, elle redoutait la rentrée dans cette école où elle ne connaissait personne. Mais si deux membres du Club des Chatons y allaient aussi, ça changeait tout !

– Ça, c'est top ! lança-t-elle gaiement. Trop, trop génial ! Finalement, je crois que je vais me plaire ici !

Elle se pencha pour prendre Caramel, qui essayait d'escalader sa jambe.

– Tout ça, c'est grâce à toi, Caramel, reprit-elle. Sans toi, je n'aurais jamais rencontré les filles du club !

TABLE DES MATIÈRES

Achevé d'imprimer en novembre 2012
sur les presses de la Nouvelle Imprimerie Laballery – 58500 Clamecy
N° d'impression : 210255
N° éditeur : 10193001 – Dépôt légal : décembre 2012

Imprimé en France

La Nouvelle Imprimerie Laballery est titulaire de la marque Imprim'Vert®